Le Tueur D'os :

Un thriller Électrisant de Suspense et de Mystère

Gian Marcos

Pour Ale qui a changé mon monde.

"Ils disent que j'ai versé du sang innocent... mais à quoi sert le sang s'il ne doit pas être versé ?
Candyman

Avant-propos

C'était une voiture banalisée, une Nissan Sentra noire avec quelques décennies au compteur, en plein milieu du parking du plus grand centre commercial de Columbia Washington. Autour d'elle, on pouvait voir des dizaines d'officiers de police délimiter la zone avec du ruban jaune. De loin, on pourrait penser qu'il s'agit d'un simple homicide, mais l'étonnement qui se lit sur les visages de certains des inspecteurs à proximité indique qu'il s'agit de quelque chose de plus sinistre qu'un simple meurtre.

Index

Panique

Washington D.C. 12 novembre 6:12 A.M.

C'était une voiture banalisée, une Nissan Sentra noire avec quelques décennies au compteur, en plein milieu du parking du plus grand centre commercial de Columbia Washington. Autour d'elle, des dizaines de policiers bouclent la zone avec du ruban jaune. De loin, on pourrait penser qu'il s'agit d'un homicide comme les autres, mais l'étonnement qui se lit sur les visages de certains détectives à proximité indique qu'il s'agit de quelque chose de plus sinistre qu'un simple meurtre.

-Oh, mon Dieu ! Je crois que je vais être malade", dit l'agent Tom Logan à un demi-mètre du cadavre féminin dans la Nissan. Sur le côté, l'inspecteur principal Richard Martel fait des déductions et examine les pièces de la voiture, comme s'il essayait de visualiser la scène dans son ensemble.

Celui qui a commis cette brutalité est au-delà de la haine", a-t-il commenté, s'éloignant immédiatement à l'arrière de la voiture alors que Lisa Owen, la directrice du département de criminologie légale, arrivait.

- Eh bien, vous voilà enfin, murmure l'inspecteur, nous vous attendions, nous ne pouvions pas partir sans que vous fassiez votre travail.

Elle lui a fait signe et a fait une grimace en avançant vers la Nissan située à une dizaine de mètres, puis s'est exclamée - c'était une nuit fatigante pour la deuxième équipe, elle vient de quitter une autre scène de crime, et.....

Richard trouva le choc qu'il vit sur le visage d'Owen trop lourd à supporter alors qu'il passait entre les agents qui accompagnaient Tom. Naturellement, ce n'était pas une réaction normale, car, même si le corps de la femme avait l'air terrible, Lisa avait plus de six ans d'expérience et cela n'aurait pas dû la mettre dans cet état, mais ce qu'elle a immédiatement exprimé a stupéfié les deux inspecteurs.

C'est impossible", a-t-il dit d'un ton fort. Qu'est-ce qui se passe ? -Il y eut un refrain immédiat derrière lui alors que, de l'autre côté du véhicule, des assistants de la police scientifique s'affairaient à recueillir des preuves autour d'eux.

-Sans aucun doute, la fille qui a été assassinée sous le pont d'où je viens a les mêmes marques et signes de torture sur son corps... et je vois qu'elle a été tuée de la même manière atroce et cruelle.

-On m'a parlé d'un meurtre dans le quartier ouest quand je suis arrivé au bureau, l'inspecteur Mark est celui qui l'a commis, mais je n'aurais jamais imaginé que..." commenta Richard sans terminer sa phrase.

-Tout porte à croire qu'il s'agit d'un tueur en série", dit Tom en hésitant.

-Il est trop tôt pour le dire, nous verrons bien", a répondu Lisa, en ordonnant à tous les policiers et inspecteurs de rester en retrait et de les laisser travailler.

Richard et sa compagnie se tenaient à l'extérieur du cercle de rubans jaunes, attendant avec impatience que la scientifique et son équipe rassemblent les preuves les plus évidentes pour fournir des indices sur les auteurs de ce crime inhabituel, puis dans le laboratoire, ils vérifieraient minutieusement le véhicule.

À l'intérieur de la vieille voiture, on pouvait apercevoir le corps d'une femme nue, attachée de la tête aux pieds, avec des marques étranges sur tout le corps, comme si elles avaient été infligées par des sortes de charbons ardents et de coups de couteau. Son cou était complètement brisé en arrière. Le visage, bien que tuméfié, portait encore l'horreur indescriptible des humiliations et des tortures infligées par le meurtrier. Bien qu'elle portait des traces de torture et de démembrement, il y avait quelque chose d'inhabituel au premier coup d'œil : une tige métallique la transperçant analement et dépassant de quelques centimètres du côté de sa bouche. C'était une scène effrayante, un spectacle rare dans l'histoire de la ville, et encore plus pour l'inspecteur Richard et son collègue.

-Avez-vous une idée, patron ?" dit Tom Logan, un policier de 33 ans qui semblait déjà plus calme après une première impression aussi inattendue. Richard ne répondit pas par des mots, il se contenta de secouer légèrement la tête, ses pensées se mirent en branle, se demandant et se répondant dans son esprit comment résoudre cette affaire mystérieuse et d'apparence difficile. Deux morts de la même manière indiquaient qu'il ne s'agissait pas d'un simple meurtre résultant d'un vol, ou d'un règlement de comptes pour de l'argent, car d'après l'expérience, on ne fait généralement pas ça aux gens pour des raisons de cette nature. Bien qu'il puisse aussi s'agir du produit d'un esprit malade, mais c'est là le nœud de l'affaire.

-Nous devons résoudre cette affaire, sinon la pression sera sur nos têtes", commenta soudain l'inspecteur Tom, et un autre officier à gauche, prenant des notes protocolaires, acquiesça. Puis Richard a ajouté.

Ce n'est pas pour rien que nous sommes dans la ville la plus importante du monde et dans le secteur qui concerne la Maison Blanche et le Président, et vous savez, si des cas comme celui-ci continuent à se produire, dans quelques jours nos têtes seront à la télévision pour expliquer pourquoi nous ne pouvons pas trouver le responsable. J'espère juste que le Dr Owen pourra nous donner quelques indices, cependant.....

Alors qu'il était sur le point de terminer sa thèse, un appel provenant de son téléphone portable l'interrompt brusquement. Il répond immédiatement et l'on entend une voix inconnue qui, dans un murmure, répète une phrase : "Je sais qui c'est, c'est lui... Je sais qui c'est, c'est lui...". Avant qu'il ne puisse répondre, l'inconnu raccroche, laissant le détective abasourdi.

Qu'est-ce qui se passe ? Ne me dites pas que c'est Dilan le patron ", demande son partenaire, et il secoue la tête.

- Alors pourquoi tu fais cette tête ? Ne me dis pas que ta petite amie t'a grondé si tôt le matin.

-Non non, ce n'est rien de tout cela... Vous ne le croirez pas, répondit-il en salivant et en s'arrêtant pour jeter un coup d'œil vers l'endroit où se trouvait la police scientifique, puis il répondit sèchement en regardant Tom. - Un appel d'une voix masculine qui sait qui c'est.

Quoi ! Mais comment connaît-il le numéro... " commenta Logan en jetant un regard fugace vers l'avenue des centaines de voitures qui se rendaient probablement au travail. Comme si, d'une certaine manière, il pensait que le tueur ou qui que ce soit qui avait appelé son partenaire était là, au milieu de l'embouteillage, à les traquer. Même si, à vrai dire, ce n'était qu'une idée non fondée.

-Je ne sais pas..., mais nous devons apporter ce téléphone au service informatique, bien que ce soit un numéro privé, Bobby le spécialiste en la matière saura au moins d'où vient l'appel. Je pense que nous devons y aller, et ensuite le docteur nous enverra le rapport s'il y a des nouvelles ou nous le parcourrons.

Tom a acquiescé et ils ont immédiatement alerté le coroner et donné des ordres à certains de leurs officiers subalternes pour qu'ils suivent la scène du crime.

Il n'avait pas beaucoup de temps pour réfléchir, il devait agir immédiatement, parce qu'au-delà de la déduction que ces morts de femmes pouvaient être un règlement de comptes pour de l'argent ou de la drogue, la façon dont elles ont été exécutées pouvait également indiquer qu'il pouvait s'agir du produit d'un psychopathe dans le secteur sud de la ville où elles se trouvaient ; la zone la plus importante pour ce qui était impliqué dans le Capitole, La Casablanca et El Congreso. Et si cela se propageait, il y aurait beaucoup de pression sur le secteur d'enquête de la police que Richard représentait dans cette zone. De plus, cela ne lui convenait pas, car il avait l'intention de se battre pour un siège au sénat de l'état de Columbia dans la chambre du Congrès, et si l'affaire n'était pas résolue rapidement, cela pourrait l'affecter dans l'examen public.

Richard, 38 ans, est un ancien militaire décoré qui est passé des missions stratégiques de l'armée aux forces de police à l'âge de 27 ans. Au cours de la décennie suivante, il s'est fait un nom sur le terrain pour sa capacité à résoudre des affaires et à maintenir la ville relativement sûre. Ce crime inhabituel des deux femmes a été quelque chose qui a alerté la force qu'il représentait, car il n'y avait qu'un meurtre tous les trois jours dans toute la ville. Soit une moyenne de 180 par an. Mais la manière dont elles ont été exécutées et la distance de trois kilomètres qui les séparait donnaient matière à réflexion.

Columbia Corps Central Office of Computer Intelligence Washington 13 novembre 11:24 AM

J'espère que vous avez de bonnes nouvelles pour moi", dit Martel, qui était appuyé sur le bureau d'accueil de la zone d'intelligence informatique dont Bobby, 45 ans, était le responsable, et qui était déjà de l'autre côté à les attendre et à leur dire de franchir une porte en verre trempé, puis les deux collègues le suivirent jusqu'à son bureau, quelques mètres plus loin dans le couloir. Avant de s'asseoir à son grand bureau ovale, il leur dit : "Je suis content que vous soyez là, ça fait un moment que vous n'êtes pas venus, venez ! Asseyez-vous, j'ai quelques informations intéressantes sur le téléphone que vous avez laissé hier.

Martel et Owen ont ensuite pris place, un peu anxieux de connaître l'origine du mystérieux appel qui pourrait éventuellement être lié au crime fatidique perpétré la nuit précédente.

-Il y a quelque chose d'un peu inhabituel, Richard", a commenté Bobby en analysant certaines données sur une série d'ordinateurs devant lui, puis il a dit : "la personne qui a appelé votre numéro, selon les données enregistrées sur votre téléphone portable, provenait exactement de la cabine téléphonique n° 424 qui est située à 65 mètres de la cathédrale nationale de Washington... mmm, nous parlons d'un quart d'heure de trajet.

-Curieux, vous pensez qu'il pourrait être le tueur ? -Logan a demandé sans préciser qui.

-Je ne sais pas, c'est ton travail," répondit Bobby sur le ton de la plaisanterie qu'il avait l'habitude de prendre avec lui.

-Il a été prudent parce que ça n'a même pas duré plus de douze secondes, il avait peur d'être traqué. -L'informaticien et expert en cybersécurité a ajouté.

-Alors nous n'avons rien de concret," dit Richard sur un ton prévisible.

-Non non, j'ai quelque chose de mieux", a-t-il répondu en désignant un écran géant derrière les deux inspecteurs qui se sont penchés pour voir ce qui était sur l'écran.

Qui est-ce ? -Logan a demandé.

-Celui qui a fait l'appel", a répondu l'ingénieur.

-Quoi ! -Richard s'est exclamé.

-Il est très typique dans des cas comme celui-ci que les personnes impliquées utilisent des téléphones publics, donc pour des raisons évidentes, j'ai accédé aux caméras dans la zone d'où provenait l'appel, et il n'y avait que celui-là, le téléphone public n°424... et pour des raisons évidentes, il y avait une caméra de surveillance juste en face de l'église nationale de Washington et..., malheureusement comme vous pouvez le voir dans la vidéo, elle ne montre que son dos flou, parce que ce grand arbre devant la caméra l'a empêché d'être pleinement identifié", a-t-il dit.

-Au moins, nous savons que c'est un homme d'âge moyen grâce à sa carrure", a ajouté Logan.

Richard le regarda et continua, "del...gado, peau blanche, nous n'avons pas grand-chose, mais, pire c'est rien, -merci ! nous allons quand même prendre le rapport, et la vidéo vous l'envoyez à la poste," dit-il en se levant et en prenant le document pour se diriger vers la sortie, Logan tapa du poing sur Bobby qui commenta en plaisantant et sortit.

Bien que ce ne soit pas grand-chose pour les aider à identifier rapidement le tueur, ils savaient que c'était pire que rien, et ils se sont donc dirigés immédiatement vers le service de médecine légale où le Dr Lisa les avait appelés pour leur donner les nouvelles afin qu'ils puissent commencer à reconstituer le dossier.

Département des sciences médico-légales de la police de Columbia Washington 12h00

Sans autre personne qu'elle au milieu de cette immense installation où l'on pouvait observer toutes sortes d'appareils et d'objets scientifiques destinés à l'analyse et à l'expérimentation, Lisa Owen les attendait avec un air légèrement frustré. Peut-être, à cause du peu de preuves que le cadavre a apporté.

Lisa Owen était à la tête du département de médecine légale de la police de Columbia depuis six ans, mais elle n'était aux commandes que depuis un an lorsqu'elle a eu trente-trois ans. Richard s'est approché et l'a saluée de la voix, Owen a fait de même. Elle marchait avec son bonnet caractéristique, des lunettes sur la tête et un costume tout blanc, typique des scientifiques de la police scientifique.

-Qu'est-ce que vous avez pour nous docteur ? -Richard brisa la glace d'un ton quelque peu indifférent, mais Lisa était habituée aux types comme lui qui n'étaient pas à son goût à cause de l'histoire noire d'avoir la réputation de les exécuter avant de les arrêter. Même si c'était purement un mythe à son sujet sans aucune preuve. Lisa n'a jamais voulu être amie avec Martel quand on leur a présenté qu'ils allaient travailler ensemble il y a des années et qu'ils se voyaient toujours sur les scènes de crime. Malgré son casier judiciaire, ce qu'elle n'aimait pas du tout, c'était le ton de sa voix et son comportement rude, négligé et grossier, même si elle n'avait pas d'autre choix que de faire son devoir. Cependant, peut-être que son apathie principale envers lui était due en premier lieu au fait que lors de leur première rencontre, il avait voulu se lier d'amitié avec elle d'une manière ou d'une autre, au-delà du professionnel, et qu'elle l'avait stoppé dans son élan, et depuis ces jours-là, elle aurait pu s'attendre à une certaine animosité, d'où la froideur de ses manières. Cependant, cela valait le fromage pour elle.

-La personne qui l'a exécuté était trop intelligente pour laisser une seule trace. -La personne qui a commis le crime était trop intelligente pour ne laisser qu'une seule trace. " dit le coroner, tandis que les deux détectives se regardaient d'un air perplexe pour entendre la suite. Puis elle s'interrompit et se dirigea vers des casiers de classeurs au fond, en sortit un et revint, lisant immédiatement le rapport un peu en avant, ce qui surprit Richard.

-La fille s'appelait Karla Davison, elle avait 28 ans, était mère célibataire et travaillait pour le McDonald's au coin de la rue Omega dans l'équipe de nuit. Donc, à ma déduction, quelque part entre Omega Street et Maret School où il y a un tronçon isolé d'au moins 300 mètres sous un pont, elle a été attaquée. Quelqu'un l'a bâillonnée, l'a frappée dans la région pariétale... Elle marchait sur ce tronçon parce que sa maison se trouvait à 600 mètres de l'établissement et que c'était la zone dans laquelle elle marchait d'après sa carte d'identité. Elle avait une contusion grave dans la zone pariétale, mais sa vie n'était pas en danger. Par déduction, l'agresseur la voulait vivante, il a donc fait en sorte de l'assommer. Ce qu'il a fait ensuite était terrible..." il a ajouté avec une légère pause, a passé un peu de salive et a continué, "elle a été violée par voie anale et vaginale, mais cela ne s'est pas arrêté là, les deux filles ont présenté la même chose, la même nuit les deux ont eu la plupart de leurs dents de devant enlevées de force avec une pince à épiler, n'en ayant pas assez, le malade ou celui qui a fait ça lui a coupé les tétons, elle a présenté des bleus et des contusions sur les cuisses, les bras et le cou... il est superflu de présenter le cadavre à nouveau. Une fois, elle a été violée ; elle a été torturée avec un objet métallique à des centaines de degrés centigrades qui a ensuite été inséré à quelques centimètres de son vagin.

-Je ne veux pas tout entendre", dit Richard un peu désespéré, il ne s'intéresse qu'aux preuves, même si elles sont protocolaires, selon lui, elles n'aident pas beaucoup à trouver le suspect. -Dépêche-toi Lisa, on doit y aller," ajouta-t-il un peu en colère.

C'est le règlement, inspecteur", a-t-elle répondu d'un ton cinglant.

-Allez, finissez ! réplique-t-il, quelque peu agacé intérieurement. Il n'aimait pas être contredit, mais il n'avait aucune compétence dans le domaine de la médecine légale. Bien qu'il soit respecté, il doit se plier aux règles.

-Après les avoir torturées, il les a apparemment étranglées et leur a brisé le cou, probablement en les tordant, au point que les vertèbres c7 de la région du cou ont été brisées. Puis, pour déduire l'excès de liquide constaté dans la cavité vaginale, le sujet a introduit un tuyau d'eau sous pression, probablement dans le but d'éliminer toute trace restante de liquide séminal. Le dégénéré n'a même pas pris la peine d'utiliser un préservatif. Il a ensuite nettoyé le corps car des traces d'éthyle ont été retrouvées à différents endroits du corps. Enfin, non content de ces atrocités, il a introduit une tige métallique chauffée au rouge par l'anus alors qu'elles gisaient sans vie jusqu'à ce qu'il trouve l'ouverture par la bouche, les deux femmes ont souffert comme jamais auparavant. Nous n'avons pas trouvé de peau ni de traces de sperme de l'auteur, mais un crime n'est jamais parfait, car par chance nous avons trouvé une mèche de cheveux bruns, provenant probablement du meurtrier", conclut-il, laissant les deux enquêteurs stupéfaits. Ils étaient sûrs d'une chose, le responsable était un salaud et ils devaient le traquer coûte que coûte.

-Bien joué, s'exclama Richard en serrant légèrement le poing, déjà impatient d'attraper ce bâtard et de marquer des points pour sa campagne qui aurait sûrement lieu à un moment donné de l'été prochain. Sûrement grâce à sa réputation dans la ville dans le domaine de la sécurité ; il gagnerait facilement.

Et qu'est-ce qu'on peut faire avec un cheveu, je ne pense pas qu'il y ait grand-chose à faire ", s'exclama-t-il, agacé de prendre le contre-pied, il savait que c'était à lui de trouver des indices plus concrets. Ils quittèrent donc le département scientifique avec le DNI de Karla, l'employée du McDonald's, car il n'y avait pas de traces ou d'informations provenant des proches de l'autre femme exécutée. Ce que le médecin ne lui a pas dit à l'époque, c'est que dans les prochaines heures, ils allaient analyser avec des collègues chimistes l'origine et la tranche d'âge des mèches de cheveux, et les comparer avec la banque d'ADN des condamnés et ex-condamnés de tout le pays au cas où l'une d'entre elles correspondrait. Ainsi, s'ils avaient de la chance, ils pourraient en déduire la tranche d'âge, le sexe et quelques informations supplémentaires qui permettraient de confirmer s'il y avait des suspects et de comparer l'ADN. J'espérais simplement que le corps des inspecteurs et des détectives trouverait autre chose.

Comme on pouvait s'y attendre, la nouvelle s'est répandue comme une traînée de poudre dans tout le district de Columbia, provoquant tumulte et panique. Le rapport du chef de la sécurité publique locale, John Spencer, a d'abord mentionné à la presse : "qu'il s'agissait d'un règlement de comptes entre gangsters", mais évidemment, cela a rapidement changé sous la pression des proches de Karla Davison qui ont fait appel pour dire que c'était totalement faux et qu'il s'agissait d'un maniaque psychopathe qui a pris sa vie parce qu'il l'a regardée sans défense alors qu'elle rentrait du travail à environ 600 mètres de chez elle. Les réclamations de la famille Davison auprès du conseil et du chien de garde ne se sont pas fait attendre, alléguant qu'ils avaient sali la réputation et l'honneur de leur famille en lui imputant des choses qui n'avaient rien à voir avec leur fille. Quelques heures plus tard, au journal télévisé de 21 heures, le chef de la sécurité de Columbia, John Spencer, a été démis de ses fonctions. La version officielle était que les deux filles, Karla Davison, mère célibataire de 28 ans et caissière au McDonald's de la rue Omega, et une sans-abri de 24 ans nommée Ana, avaient été brutalement assassinées dans la nuit du jeudi 11 novembre par un agresseur inconnu, que jusqu'à présent il n'y avait aucun rapport concret sur l'auteur du crime, mais que les enquêtes étaient menées à toute vitesse pour trouver le meurtrier présumé. L'euphorie et la panique collectives ont été telles dans les heures qui ont suivi que le président des États-Unis lui-même, Bill Lambert, a prononcé quelques mots pour calmer la psychose collective, condamnant un acte aussi cruel et promettant que les responsables seraient punis dans toute la mesure de la loi.

La recherche

11 h 04 Résidence Davison à 600 mètres de l'endroit où Karla Davison a peut-être disparu.

Une ambiance de mélancolie et de tristesse régnait dans la petite résidence des Davison. Ils étaient déjà passés du chagrin et du désespoir à une résignation douloureuse. La mère de Karla gisait au milieu du salon, serrant son mari dans ses bras. Les inspecteurs Richard Martel et Tom Logan commençaient à peine l'interrogatoire pour tout savoir sur leur fille, et au moins leur donner un indice sur la direction à donner à l'enquête. De l'autre côté, à quelques kilomètres de l'endroit où l'autre fille qui semblait être une sans-abri a été trouvée, l'inspecteur Mark de la criminelle enquêtait sous les ponts pour obtenir un peu plus d'informations sur la défunte et les raisons pour lesquelles elle a été sauvagement assassinée, et quelle relation elle aurait pu partager avec Karla Davison. Mais il était peu probable qu'il trouve quoi que ce soit.

-Mme Belly, nous sommes vraiment désolés pour la perte de votre fille. Nous ne voulons pas être impertinents, nous voulons simplement rendre justice à votre fille. Donc tout ce que vous pensez ou croyez qui pourrait aider à résoudre le crime, ne retenez rien", dit Richard en échangeant un regard avec le père de Karla. Ils approuvent tous les deux d'un signe de tête et poursuivent l'interrogatoire en prenant soin de noter tout ce qui est important...

Parlez-nous un peu de votre fille, Mme Belly.

-Je ne sais pas comment commencer, détective, répondit-il d'une voix mélancolique.

-Nous savons qu'elle était une mère célibataire, savez-vous si elle était actuellement dans une relation romantique ?

-Les deux détectives le regardent avec étonnement, cette réaction inhabituelle, parfois teintée de colère.

-Non, ma fille n'a jamais eu de relation amoureuse depuis qu'elle a quitté son ex, un bâtard paresseux, et il était le seul qu'elle ait jamais eu. Ce n'était pas une femme qui se baladait avec l'un ou l'autre comme le font la plupart des gens, déclara-t-il en marquant une pause légèrement agitée avant de poursuivre, c'était une gentille dame, je ne sais pas pourquoi un maudit salaud a fait ça à ma petite fille.

Richard regarda Tom quelque peu étonné de cette scène énergique à laquelle il fallait s'attendre de la part de M. Peterson, qui avait l'air aussi juste que des bergers condamnant des pécheurs. - lu...ego a quitté ce clochard et est venu vivre avec nous ?

Pouvez-vous nous donner le nom et l'adresse de l'ex-mari de votre fille ?" demande Logan en le notant dans un carnet.

— Donc Brandon Brown vit dans la High Street de l'autre côté de la ville, non ?

— Ils secouèrent tous deux la tête, même si, à vrai dire, il était celui dont M. Peterson se méfiait le moins, car Brandon, bien que fainéant, ne le pensait pas capable d'une telle sauvagerie. Il n'était jamais connu pour être violent ou jaloux, en fait, la raison de la séparation était une infidélité de sa part, donc pour des raisons évidentes, ses beaux-parents ne le soupçonnaient pas. Cependant, la piste de l'enquête était ouverte à différents suspects.

— Des amis qui ont visité ... ?

— Non inspecteur, ma fille n'est sortie nulle part, c'était du travail à la maison et de la maison au travail. Elle ne passait du temps qu'avec l'enfant et rien d'autre, murmura sa mère, son mari l'interrompit et ajouta, elle était timide, nous n'avons pas en tête quelqu'un qui voudrait faire du mal à mon enfant, elle s'entendait avec tout le monde et n'a jamais eu d'ennuis. - Elle a dit, puis ses yeux ont pétillé de sentiments, puis Logan a posé la question suivante, puis une autre et une autre :

— La famille a-t-elle des dettes ou des ennemis ?

— Non non, nous sommes une famille religieuse et nous n'avons jamais eu de problèmes avec qui que ce soit ou des dettes, donc rien de tout cela.

— Je comprends M. Peterson. Un membre de votre famille proche qui aurait eu un contact avec Karla dans les dernières heures ou...

— Toute notre famille vit à Austin au Texas, nous n'avons personne ici", a répondu Mme Belly.

À ce moment-là, Richard savait que ces informations seraient suffisantes, et qu'au fur et à mesure que l'enquête progresserait, s'ils en avaient besoin, ils reviendraient chercher d'autres informations. Ils se sont donc immédiatement mis en route vers le McDonald's où Karla Davison travaillait depuis deux ans, afin de recueillir des informations et d'étoffer leur dossier.

Quelque part à Columbia Washington, dans la voiture en mouvement.

-Hey Bobby.

-Qu'est-ce qu'il y a Richard ? Ils ont trouvé quelque chose.

-Non encore, mais je veux vous demander quelque chose, pouvez-vous vérifier s'il y a des caméras sur la rue Omega et l'école Maret, probablement là où Karla a été attaquée... C'est précisément dans cette zone qu'il y a un énorme pont et un tronçon de route qu'elle avait l'habitude de parcourir à pied pour aller travailler tous les jours.

-Bien sûr, je vous ferai savoir dans quelques heures si je trouve quelque chose.

-Merci mon pote, je t'en dois une", commente Martel en tournant le coin de la rue et en arrivant au célèbre établissement de restauration rapide. Une heure après avoir interrogé la plupart des personnes de l'équipe de nuit où Karla travaillait, ils sont repartis quelque peu déçus. Mais pas avant d'avoir parcouru la même distance que Karla deux jours plus tôt. Ainsi, bien que fatigués, ils auraient l'occasion de parcourir le même chemin que la jeune femme de 28 ans avait emprunté avant d'être assassinée.

-Nous sommes coincés," grommela Logan en prenant une cigarette et en l'allumant, visiblement un peu stressé. -On n'a pas grand-chose à part ces cheveux qui nous mènent au coupable. Espérons que Bobby ait quelque chose pour nous.

-La fille est partie à 6h30... pour l'endroit où nous sommes maintenant, elle a dû arriver à 6h40, il y a environ 500 mètres d'ici à cette rue au bout où se trouve son quartier. Donc cette zone isolée sous ce pont est probablement l'endroit où elle a été attaquée par quelqu'un", commenta le détective en regardant autour de lui la convergence de deux routes qui n'étaient pas très fréquentées à cette heure de la journée, et encore moins tard dans la nuit. Il tourna partout en essayant de chercher le moindre indice qui lui donnerait au moins quelque chose pour avancer dans l'enquête.

- Le type est d'âge moyen, très probablement un violeur fou, " fit remarquer Logan sur le côté.

-Nous sommes coincés, mais je ne trouve pas d'autre explication que le type l'a attaquée ici, entre ces deux tronçons, comme l'a dit le médecin légiste, marmonna

Richard en passant sous le pont sur une bonne distance et en arrivant dans une autre avenue où il y avait beaucoup de circulation, et où il serait peu probable qu'à 18h46, ce qui était probablement le temps qu'il lui fallait pour aller du McDonald's au carrefour de l'avenue, elle ait été agressée par une voiture en mouvement. Une hypothèse qu'ils ont écartée parce qu'ils se sont rendus au même endroit le soir même pour vérifier la circulation et qu'effectivement, il était trop tard pour que quiconque ait pu constater un enlèvement.

14 h 13 le troisième jour en direction du domicile de Brandon Brown, ex-mari de Karla Davison.

-Merde ! Bobby n'a trouvé aucune caméra de sécurité dans le secteur, ni aucun suspect sortant de ce carrefour où se trouvait la dernière caméra qu'elle a dépassée et qui a tout enregistré ce jour-là, juste à côté de l'avenue..." dit Richard en descendant à toute allure la High Street à l'est de la ville.

-C'est plus compliqué que je ne le pensais", répond son partenaire avec un regard en coin en allumant la radio, et bien sûr, les mêmes nouvelles sur Karla Davison ont retenti sur 98.3 am : "Dans d'autres nouvelles, selon le département de la police, la jeune fille a été tuée dans les premières heures du 12 Novembre, selon le procureur il y a plusieurs lignes d'enquête ..."

-Tournes cette merde, veux-tu ! - a répondu Richard en regardant droit devant lui, "les lignes d'enquête, vous ne voyez pas qu'on n'avance pas et ce nouveau procureur fils de pute y fourre toujours son nez.

Logan a hoché la tête et souri en allumant une cigarette et en changeant de station pour le 98.4 où la chanson de Scorpion "Wind Of Change" était diffusée.

-C'est beaucoup mieux", ajoute le chef en tournant sur la 8e rue de San Bernardino où devrait se trouver Brandon Brown, l'ex de Karla Davison, mais au moment même où il le fait, un appel radio de l'officier subalterne Mark, à l'autre bout de la ville, le stupéfie.

-Hey Richard tu ne vas pas le croire, mais...
-Dis-moi, qu'est-ce qu'il y a maintenant, mec ? -Il a répondu alors que Logan baissait la musique.
-Deux corps dans la même forme qu'il y a deux jours ont été retrouvés il y a quelques heures seulement... apparemment ils ont été laissés aux premières heures du matin, un sans-abri les a trouvés sous le pont, puis les gens ont appelé la police, me voici sur les lieux avec le Dr Owen et compagnie.
-Bon sang," répondit l'inspecteur en chef en arrêtant la voiture et en s'engageant dans la rue. Il pensa à quelque chose, et au lieu d'arriver comme prévu à la résidence du jeune Brandon Brown, il fit demi-tour. Il savait que l'assassin, quel qu'il soit, n'était pas ce malheureux, ce devait être quelqu'un d'autre, et les investigations devaient naturellement être dirigées ailleurs.

Le fait est que sans aucun indice menant au coupable, l'affaire devenait assez difficile, presque une impasse, et surtout à cause de la pression des supérieurs. Cependant, c'était en partie une bonne chose qu'il continue à tuer, car tôt ou tard, il laisserait une piste claire, si ce n'est déjà fait. Le plus troublant pour Richard est que le tueur n'assassine que des jeunes femmes, il s'agirait donc sans aucun doute d'un maniaque sexuel, mais quel que soit le coupable, il devrait être arrêté dans les prochaines heures, sinon, en raison de la façon dont le procureur de la sécurité interne était, leurs têtes allaient exploser. À ce moment-là, différentes stations de police et d'analyse médico-légale effectuaient des analyses et des enquêtes, faisant de leur mieux pour trouver le criminel à l'origine de cette vague de meurtres inquiétants et sadiques.

La nouvelle ne s'est pas fait attendre et a résonné avec plus d'intensité la même nuit dans l'État, même le cas de Karla Davison s'est calmé pour laisser place au cas suivant, macabre, de deux jeunes femmes, Sophie, 17 ans, et Monica, 23 ans, toutes deux assassinées à deux kilomètres l'une de l'autre et également menottées avec un câble de lampe noir et brutalement torturées avec le même ton de tourment que les deux premières victimes, où l'on pouvait voir une tige métallique les percer analement jusqu'à atteindre la bouche. Dans les deux cas, ils n'ont pas quitté leur voiture cette fois-ci. Le tueur s'est probablement rendu en voiture sur les deux sites et a laissé les cadavres comme s'il mettait la justice au défi de le retrouver, si elle le pouvait.

Il n'y avait rien, ils n'avaient même pas réussi à retrouver l'étrange type qui les avait appelés le premier jour de toute cette affaire. Mais, cette nuit-là, au domicile de Richard, dans son quartier d'Annandale, à l'ouest de la ville, une enveloppe jaune contenant un bref message dans sa cour l'a alarmé. Le document contenait la note troublante suivante, probablement tapée avec l'intention de ne laisser aucune trace : "M. Richard, désolé pour l'appel de l'autre jour, vous pensez probablement que je suis le meurtrier, mais non, je veux juste que vous sachiez que je n'ai pas pu dormir en pensant que si je dis ce que j'ai vu l'autre matin, ma vie pourrait être en danger, en temps voulu je le dirai s'ils ne l'attrapent pas d'abord, mais je pense que je sais qui est coupable de toutes les morts, espérons-le ! J'espère qu'ils l'attraperont avant que j'avoue qui il est, mais croyez-moi, c'est quelque chose que je ne veux vraiment pas faire, car non seulement je serai en danger mais toute ma famille sera exposée". Avec cet étrange message, Richard a terminé sa lecture à environ six heures et demie du soir en jetant un coup d'oeil panoramique à l'extérieur depuis sa cuisine, comme s'il pensait : "Ce fils de pute essaie de me piéger, je ne le crois pas, mais comment a-t-il pu savoir que j'habite ici ? Immédiatement après, il est monté à l'étage pour consulter le système d'enregistrement ftp 24/7 de sa caméra de sécurité qu'il avait juste à l'intérieur de sa porte d'entrée et qui faisait face exactement à la porte de la cour où celui qui avait laissé la lettre apparaissait sur la vidéo.

Après quelques minutes d'analyse image par image, il s'est rendu compte que la personne qui avait transporté le colis depuis l'allée jusqu'à sa propriété était un enfant des voisins de Marshall, ce qui lui a clairement indiqué une chose : le suspect s'est servi de l'enfant pour éviter d'être pris, car il est évident qu'il n'y avait pas de caméras sur l'avenue principale du quartier. Mais juste au cas où, il a demandé un mandat pour vérifier de maison en maison dans le quartier la présence de caméras de sécurité, mais malheureusement avec des résultats négatifs.

7h45 quatrième jour d'enquête

-Tu vas parler du message au patron, s'exclama Logan.

-Non, je vais attendre. C'est peut-être un alibi pour le tueur, cependant... il a juré que ce n'était pas lui, mais...

-Ces psychopathes sont intelligents, il pourrait jouer avec nous, je ne lui ferais pas confiance, mais ce que je me demande, c'est pourquoi vous ? Il y a plusieurs inspecteurs d'autres sociétés qui enquêtent sur l'affaire aussi.

-Je ne sais pas", avait murmuré Richard en passant devant un café chaud et en dégustant un beignet au chocolat. Selon le médecin, le sujet des cheveux retrouvés sur le corps a des cheveux gris à la base, et les cheveux bruns sont teints, donc selon ses déductions, il doit avoir entre quarante-cinq et cinquante ans.

-C'est ce que dit le rapport", murmure Logan en se levant de sa chaise et en allant chercher un autre café. Quelques secondes plus tard, deux femmes sont entrées dans le petit bar, qui semblait complètement vide à environ 7 heures du matin, et se sont assises derrière Logan et Richard, ont commandé un café et ont commencé à discuter. D'abord des banalités, mais ensuite la conversation a dérivé et elles ont mentionné quelque chose qui a fait que les deux détectives se sont regardés avec méfiance...

Je te disais Kira, la pauvre fille aux infos... je ne me souviens plus de son nom, celle qui avait une barre dans le cul, elle travaillait en face du bar où je travaille, et tu sais quoi ? - demanda la femme obèse tandis que l'autre au corps sculpté souriait à la serveuse qui s'apprêtait à lui donner sa commande. Puis elle continua, - non, dis-moi.

Ce jour-là, je l'ai rencontrée exactement à la fin du pont de la rue Oméga, parce que je suis entré à sept heures et il était environ 18 h 40 et elle était en uniforme, et juste avant de traverser le coin de la rue pour passer la section du pont où la voiture noire des nouvelles, vous ne le croirez pas ! est passée près de moi, il commençait à faire sombre, mais je ne me souviens pas du type qui était à l'intérieur, je pense qu'il avait une casquette noire et des lunettes.....

-Bon sang, ne me dis rien, dit son amie, quelque peu horrifiée. Cette scène était d'autant plus spéciale que les responsables de l'enquête se trouvaient là par hasard, même si le détective Richard ne voulait pas déranger les deux dîneurs pour le moment. Après le petit-déjeuner, il devait se présenter aux deux femmes, qui n'avaient d'autre choix que de les accompagner pour faire leur déclaration officielle au service des homicides.

Suspect

Quelques jours plus tard

Bien que le service d'enquêteurs, dont Richard, des différents commissariats de Columbia, ait reconstitué l'affaire et dispose de quelques éléments, l'enquête n'a pas permis de dégager un suspect clair, ou plutôt aucun à ce moment-là. Richard n'avait rien dit à ses collègues, sauf à Logan, au sujet de l'étrange message qui avait été laissé devant chez lui et qui, bien que l'expéditeur ait juré ne pas être impliqué dans les meurtres, n'était pas non plus digne de confiance pour Martel.

Heureusement, au cours des deux semaines suivantes, aucun homicide présentant les mêmes caractéristiques n'a été commis dans toute la ville, mais les enquêtes, même si elles étaient au point mort, devaient tout de même se poursuivre.

C'est pourquoi, l'après-midi du 28 novembre, plusieurs semaines après la découverte de la première victime, ils se sont rendus au pénitencier de l'État de Washington, à l'ouest de la ville, pour interroger certains des suspects de meurtre qui avaient été arrêtés au cours des deux dernières semaines. Ils ont trouvé deux suspects : Ramon Rodriguez, qui a tué une femme et l'a violée, et Daniel Robert, qui a agressé une jeune étudiante au sud de la ville. Cependant, après un long entretien de plus d'une heure avec eux, rien n'indiquait qu'ils étaient soupçonnés d'avoir quelque chose à voir avec eux, mais malgré cela, pour exclure la possibilité qu'ils soient impliqués, des tests ADN ont été effectués sur des fibres capillaires et ils étaient toujours négatifs, ils ont donc été acquittés dans l'affaire des féminicides de Karla Davison et des autres victimes.

Une semaine plus tard - vendredi soir 20 heures - Résidence Richard Martel

Beaucoup de choses s'étaient passées et l'affaire avait été classée sans suite en ville, elle a donc été laissée dans les dossiers. Les détectives avaient d'autres affaires importantes à résoudre.

Mais ce soir-là, quand le détective est arrivé chez lui, quelqu'un l'attendait. Il entra un peu fatigué de la routine. Il a tiré la poignée de la porte et en refermant la porte derrière lui, une arme s'est posée sur sa nuque et l'inconnu lui a dit d'un ton cinglant.

-Vous pensez probablement que je suis un voleur, mais ne vous inquiétez pas, je ne vais pas vous faire de mal, je veux juste que vous vous asseyiez dans le fauteuil d'en face, ne me regardez pas. - Richard fit quelques pas dans son salon devant lui, puis s'assit et s'exclama :

-Allez mec ! Prends ce que tu veux ou dis-moi combien tu veux ? peut-être que tu as besoin d'argent, mais tu n'es pas obligé de faire ça, je serai heureux de te le donner.

-Je ne veux pas d'argent... -Je ne suis pas un voleur. Je suis ici pour...

À ce moment-là, Richard hocha la tête en écoutant sans faire attention les dernières phrases de l'homme, c'était lui. En y repensant, il se souvenait du même timbre de la voix de l'homme qui lui avait parlé au téléphone le 12 novembre, lorsque la première femme assassinée avait été retrouvée.

-Je pense que par votre réaction, Monsieur Richard, vous pouvez le dire, murmura l'étranger.

C'est vous, dites-moi ce que vous voulez ? Pourquoi êtes-vous ici ? - demande le détective, essayant de le raisonner et de le faire se retourner. Le gars a dit - non, ne te retourne pas, pas encore. Richard a cessé d'essayer, et a remis la tête en avant.

-Je suis ici pour vous dire ce que je sais, d'après ce que je peux voir, cela fait plus de quinze jours, et je n'ai pas vu aux nouvelles qu'ils ont attrapé ce type, ce que je doute qu'ils auraient fait autrement....

-Pourquoi dites-vous cela ? -demande Martel.

-Parce qu'il est peu probable que l'accusation d'un simple citoyen comme moi le fasse arrêter.

-Dites-moi, que savez-vous sur le tueur ?

-Monsieur Richard, je sais que vous êtes inspecteur de police, et croyez-moi, avec quelques recherches j'ai trouvé votre numéro dans la section jaune, c'était un peu compliqué, mais j'étais là toute la nuit après avoir vu cette scène... vous n'allez pas le croire, mais...

-Parlez plus fort.

Promettez-moi que vous ne porterez pas plainte contre moi et que vous garderez mon identité secrète", dit l'homme en tenant le pistolet légèrement pointé sur Richard.

-Je le promets", dit l'inspecteur sans réfléchir.

-Je ne plaisante pas, je sais d'avance que bien souvent le même témoin d'un crime est accusé et condamné et je ne veux pas qu'il vive cela avec moi.

- S'il est innocent, je vous le jure. Mais au fait, quel est votre nom ?

-Peu importe mon nom, M. Richard. Donnez-moi votre parole.

-D'accord, je vous donne ma parole, personne ne saura pour vous, si tout cela est vrai, vous serez traité comme un témoin protégé, personne ne saura, je dirai juste que quelqu'un m'a informé et c'est tout.

-Eh bien, c'est beaucoup mieux," marmonna l'étranger en tirant une chaise à côté de lui et en s'asseyant, tenant toujours son arme. -Ce matin-là, le 12 novembre, j'étais de garde dans une zone de maisons qui ont été arrêtées, mais qui, pour des raisons évidentes, sont protégées des vandales et des envahisseurs ... la zone est à la périphérie de la ville, le problème est que .....

Il s'arrêta un moment, peut-être l'homme avait-il peur de dire ce qu'il était sur le point d'avouer, une accusation du calibre de celle qu'il était sur le point d'avouer pouvait signifier beaucoup de choses pour l'homme. Un tel acte d'accusation pourrait l'envoyer en prison et au pire mettre fin à sa vie. Mais à la façon dont il se passe la main sur la tête, il a sûrement trouvé le courage de continuer.

- Autour de cette zone, il n'y a rien d'autre que quelques entrepôts abandonnés et... à un demi-kilomètre de là, c'est là que commence l'éclairage public, il était donc assez inhabituel qu'une voiture noire, une vieille berline, arrive vers 1 heure du matin cette nuit-là. Elle roulait à une vitesse normale sur le seul chemin de terre qui passe devant le chantier. D'après mon expérience de travail de nuit pendant plus de huit mois dans cette partie, il n'y a personne dans ces entrepôts vandalisés, même les vandales n'y vivent pas, seulement de temps en temps dans la journée ils l'utilisent pour se défoncer, mais la nuit personne. J'ai donc trouvé assez étrange qu'une berline soit garée à l'arrière des entrepôts... J'ai vu quelques éclairs de lumière, puis ils se sont éteints. Je ne sais pas vraiment, j'ai d'abord pensé que c'était des jeunes ; vous savez, le sexe, la drogue, parce qu'il y avait une jeune femme et un gars avec une casquette. De ma distance d'environ 300 mètres, je pouvais voir quelque chose, pas grand chose, mais à cause du phare de la zone que je surveillais, il a éclairé quelque chose là-haut, puis ce type a remarqué ma présence et est monté dans la voiture et a conduit jusqu'à l'arrière de l'autre bodega, qui était la dernière, la plus cachée, collée à un petit buisson. À ce moment-là, je me suis dit : "ils vont faire l'amour, c'est pour ça qu'ils ne veulent pas d'étrangers". J'étais probablement armé pour ne pas avoir peur des Maures sur la côte parce que si ça avait été moi, je ne me serais jamais retrouvé dans un endroit aussi dangereux, il y a des gangs tu sais, se promener dans des endroits isolés est toujours un danger et avec une fille beaucoup plus... à ce moment-là, j'ai dit : eh bien, j'ai de la chance, ils vont faire l'amour ce soir..... Mais bientôt, quelque chose m'a fait dresser les cheveux sur la tête, juste au moment où j'étais sur le point de refaire ma ronde dans toute la zone de ces maisons privées inachevées qui sont environ quarante, j'ai entendu quelque chose qui m'a fait changer d'avis ; un cri, et ce n'était pas de plaisir comme on pourrait s'y attendre. Un cri qui était sinistrement audible à cause du bruit nul de la ville, seulement la nuit et les arbres autour. Alors je me suis dit : "Mon Dieu ! écoute bien, c'était un bruit de ; bah ! ça doit être mon subconscient que j'associe le sexe aux cris", mais non M. Richard. Le deuxième était clair, "Au secours !", à ce moment-là je n'étais pas sûr à 100% d'appeler la police ou d'aller enquêter par moi-même. Comme il n'y a jamais de vandales la nuit car ils savent qu'il y a de la sécurité, ils n'en envoient plus deux et j'étais le seul en service.

J'ai entrepris de quitter les lieux et je suis sorti par le chemin de derrière qui mène directement à ces entrepôts abandonnés, au nombre de quatre exactement, distants d'une quarantaine de mètres chacun tout au plus, et envahis d'herbes folles. J'ai donc pris ma torche et ma matraque et j'ai marché prudemment vers la zone où la voiture était partie, ce qui ne me semblait pas très loin car il n'y avait pas de route au-delà, puisque c'était le début de la réserve. J'ai donc pensé que ce qui se passait n'était pas une bonne chose, bien qu'à mi-chemin, j'ai pensé qu'il s'agissait peut-être d'une simple querelle conjugale ou autre, mais alors.....Lorsque j'ai tourné à l'embranchement de l'étroit chemin de terre qui menait à la dernière bodega, la voiture était abandonnée au milieu de quelques buissons, et comme prévu, j'ai pensé qu'ils étaient entrés dans la bodega, alors je me suis rapproché de la voiture et me suis positionné juste derrière quelques buissons en attendant qu'ils ressortent et découvrent ce qui s'était passé. Au bout d'une vingtaine de minutes, je me suis dit qu'ils étaient probablement en train de faire l'amour, alors j'ai pensé partir. Mais, à ce moment-là, le type est sorti du coin de la bodega funéraire, est allé à sa voiture, a ouvert le coffre et a sorti une boîte d'outils Truper. La lune était pleine ce jour-là, donc il était très éclairé et on pouvait facilement distinguer un visage. Et vous ne devinerez jamais qui était dans cette berline noire", dit-il en marquant une nouvelle pause. Cette fois, Richard l'a interrompu.

-Allez, dis-moi qui est... ?

Puis il a fermé le coffre et juste à ce moment-là, il a laissé tomber les clés, il est allé les ramasser et quand il l'a fait, la casquette noire est tombée devant lui. Quand il s'est redressé, au clair de lune, j'ai pu voir son visage... et... et c'était lui... Monsieur le Président des États-Unis, Monsieur Bill Sander..., oui c'est lui, le meurtrier... de ces femmes", dit-il avec une légère cassure dans la voix due à l'émotion que cela représentait pour l'homme de dire cela. À ce moment précis, Richard, malgré l'ordre de l'homme, se retourne complètement stupéfait, le regarde dans les yeux, garde un silence éternel et s'exclame.

- Non, ça ne peut pas être monsieur, c'est une blague, non ?

Appelez-moi Artur", dit l'étranger aux cheveux noirs et chauves, dont la voix apparemment virile ne correspondait pas au port de l'étranger, bien qu'il soit manifestement le même. À première vue, le type avait environ 48 ans, il était mince et peu menaçant. Cependant, Richard savait bien que dans la vie réelle, les apparences peuvent être trompeuses et qu'il ne faut jamais se laisser abuser par l'apparence de quelqu'un.

- Vous m'avez donné votre parole Mr Richard, seulement ce secret me tuait, je ne pouvais pas dormir. Et je sais que je me suis introduite chez vous, mais..., c'était la seule façon de vous le dire en toute sécurité, et pardonnez-moi d'être entrée chez vous et d'avoir pointé une arme sur vous.....

- Ne vous inquiétez pas, Monsieur Artur, répondit le détective, assez consterné et en même temps incrédule devant ce dont l'inconnu accusait l'homme le plus puissant du monde, et que même dans ses rêves les plus fous il n'allait pas croire. Et évidemment, il n'allait pas y croire, car il avait l'intuition qu'il s'agissait d'un alibi du type en face de lui, qui tenait toujours un neuf millimètres.

-Je peux voir sur votre visage M. Richard que vous ne me croyez pas. Vous pensez que c'est un mensonge pour s'en sortir, non non monsieur..., pensez-vous que j'aurais risqué de venir ici pour rien, sachant que je pouvais me faire tirer dessus par vous ? Nooon, je ne suis pas un imbécile. Mais dehors, ce Bill

Sander est un psychopathe et si on ne l'arrête pas, il continuera à tuer. A l'époque, même moi je pensais que c'était une erreur, une paréidolie mentale de ma part, mais non, quand ce type est retourné à l'intérieur de cette bodega ; je l'ai attendu pendant plusieurs heures accroupi là sous les buissons .... Je n'ai jamais imaginé qu'il lui ferait du mal, je pensais qu'il voulait avoir des relations sexuelles avec une jeune fille et c'était tout, mais des heures plus tard, il est sorti de l'arrière, seul et une masse traînante et wow, il s'est avéré que c'était Mlle Karla Davison si je me souviens bien. C'était un corps humain. Il a lutté pendant quelques minutes avec le poids avec un calme total en le mettant à l'avant, puis sûrement il a enlevé le sac déjà à l'intérieur, il se sentait en sécurité pour conduire comme ça. Environ deux heures de la réserve dont je vous ai parlé jusqu'à ce centre commercial où il l'a laissé cette nuit-là. Je ne sais pas qui était l'autre victime le matin même, mais il l'a probablement fait cette nuit-là. Ce que je vous dis est vrai, c'était la même berline noire, je ne mens pas, dit-il d'un ton un peu plus détendu alors que le silence se faisait, et même Richard, qui s'était alors retourné et était assis sur le fauteuil de l'autre homme, n'arrivait pas à y croire. Dans son esprit, il était impossible que le président fasse cela, puisque les services secrets l'en empêcheraient, et qu'il n'y avait aucun moyen, théoriquement selon lui, de quitter la Maison Blanche sans être gardé.

Son histoire semble crédible", remarqua-t-il soudain. Son visage semblait plus condescendant pour M. Artur, qui à ce moment-là tenait déjà son arme sous sa veste. Richard aurait pu facilement l'arrêter à ce moment-là, car il suffisait de dégainer son arme et de l'accuser de tout, mais il ne l'a pas fait. Il s'est approché de lui, l'a regardé attentivement et a dit : " Votre histoire est troublante, M. Artur, mais vous avez ma parole qu'ils ne sauront rien de vous. Il n'y a qu'une seule chose que je veux que vous fassiez.

- Quoi ? -a répondu le sujet étonné.

- Pour m'accompagner sur les lieux des événements que vous me racontez.

Artur hésita une seconde puis hocha la tête, d'une certaine manière cela lui donnerait plus de crédibilité, bien que cela puisse aussi être dangereux même pour Richard au cas où ce serait l'alibi d'Artur et qu'il soit le vrai tueur. Mais Richard pensait que s'il avait voulu le tuer sur place, il l'aurait déjà fait. Ils se sont donc rendus ce soir-là à l'endroit où les événements de la victime avaient eu lieu.

Quelque chose est arrivé

Le président des États-Unis, Bill Sander, était devenu président un an plus tôt avec une majorité de voix en sa faveur, écrasant facilement son rival. Grâce à lui, son parti a même obtenu la majorité au Sénat et à la Chambre des représentants. Son charisme et ses résultats étaient tels que l'on disait qu'il pourrait être l'un des meilleurs présidents des États-Unis, plus encore que Ronald Reagan et plus que Kennedy en termes de charisme. Le président avait cinquante-cinq ans lorsqu'il a pris la tête du pays le plus puissant du monde. Son intention était d'être réélu, il jouait donc son rôle du mieux qu'il pouvait devant son peuple et le monde. C'est pourquoi il évitait à tout prix de se mêler des guerres et résolvait tout par la voie diplomatique.

Pour Richard, croire la confession de l'étranger semblait trop bizarre. La personnalité calme et altruiste de Bill était d'un autre niveau. Jamais dans ses cauchemars les plus fous, il ne l'aurait imaginé en train de tuer des femmes, et encore moins la nuit. Son épouse Melani Lamber, quarante-cinq ans, était une femme plutôt belle et joviale, et avec elle il formait le couple parfait pour lui plaire en tout point. Il avait donc du mal à croire à l'histoire d'un président violeur.

Cette même nuit, l'étranger et Richard se sont rendus sur place. Et comme de juste, il y avait ce qu'il avait dit. En arrivant sur le site par un chemin de terre, on pouvait apercevoir au loin un autre petit chemin de terre menant plus loin vers l'arrière, d'un côté un dernier lampadaire qui éclairait la petite construction de maisons inachevées où Arthur selon sa confession servait de "garde". L'endroit était assez ombragé et plein de végétation sauvage sur les côtés. C'était le début de la réserve naturelle de tout l'ouest de la Colombie. En arrière-plan, on pouvait apercevoir quatre petits entrepôts de quatre ou cinq étages chacun. Les deux hommes s'y rendirent, lampes éteintes à la main, et dans le quatrième, le plus éloigné des autres, au troisième étage, ils trouvèrent des éclaboussures de sang séché un peu partout, juste dans le coin d'une des caves où elle avait été recouverte de feuilles et de papiers de rebut.

L'homme n'avait certainement pas menti. Maintenant, il s'agissait juste de le confirmer, même s'il avait un plan et n'appellerait pas la police scientifique.

-Hey Arthur, je voudrais que tu m'aides à faire quelque chose", dit Richard en fixant dans la faible lumière l'étranger qui regardait avec hésitation à travers les fenêtres en bas.

-Je ne veux plus être impliqué dans cette affaire, inspecteur, je veux juste partir, je vous ai tout dit.

-Je veux juste vous demander si vous allez continuer à travailler dans cette zone ?

-Je ne pense pas, ce n'est pas pratique, ils seront probablement méfiants, mais je vais au Wisconsin. Et vous savez, je ne veux pas que quelqu'un sache, juste au cas où, qui était le dénonciateur", a-t-il réfuté.

-Rien ne viendra de moi, ne vous inquiétez pas. Bon, si tu ne veux plus travailler à cause de tout ça, je ne sais pas comment te payer, mais si tu veux venir avec moi à la maison, je te donnerai quelque chose.

-Non, je ne veux pas d'argent, il suffit que vous rendiez justice si vous le pouvez.

Le détective hocha la tête, il savait que, si c'était vrai, ce serait l'affaire la plus dérangeante pour ce qu'elle représentait au plus haut niveau du pouvoir, mais il devrait quand même la mener à bien, il ne pouvait pas faire marche arrière, la justice était la justice. Il dit au revoir à l'homme étrange, qui, bien qu'il ne lui fasse pas entièrement confiance, lui donna la voix du doute au cas où. Il le laissa sur l'avenue Maremont, dans le nord de la ville, puis disparut dans l'avenue au milieu de dizaines de passants. Pour Richard, le doute subsiste quant à savoir si l'homme qu'il ne reverra peut-être jamais en sait plus ou s'il est le coupable, bien que son histoire ait des preuves, cela pourrait aussi être un jeu, mais il a toujours un plan.

Officiellement les enquêtes étaient dans l'impasse, mais officieusement il allait continuer avec son ami Logan pour essayer de prendre le coupable en flagrant délit. Une fois qu'il en eut parlé à son partenaire, Logan fut stupéfait et tout aussi incrédule ; au début, il refusa, mais peu à peu il finit par croire en regardant quelques photos de l'endroit où la jeune fille avait été torturée. Et ce qu'on pouvait voir, c'était une autre par l'excès d'éclaboussures de sang dans le coin près de la fenêtre arrière du premier étage. Il y avait aussi des éclats d'os et ils étaient clairement humains.

la maison de Richard Martel aux premières heures du matin, quelques heures plus tard

-Vache folle, je ne peux pas croire tout ça," marmonne Logan en prenant une gorgée d'eau à la résidence de Richard Martel et ils en discutent. -Hé mec, tu es sûr que ce n'est pas une sorte de canular de...

-Tu as vu les photos, je suis allée avec le gars. S'il l'avait voulu, il m'aurait tué, mais il ne l'a pas fait et il m'a fait confiance. Je vous ai tout dit, alors on va faire comme prévu. Je sais que c'est risqué, mais il n'y a pas d'autre moyen. Je me fiche qu'il soit l'homme le plus puissant du monde, mais s'il continue à faire ça, il va le payer.

Logan le regarda d'un air dubitatif, comme s'il ne croyait pas ce qu'il entendait.

Cela ne tient pas debout, peu importe le nombre de photos que vous avez prises, je ne pense pas que le président sortirait de la Maison-Blanche comme ça... les services secrets l'arrêteraient", a-t-il déclaré.

-C'est ce que je pensais", a répondu Martel en prenant une gorgée de café et en regardant d'un air méfiant vers la fenêtre à l'arrière de la maison.

-Mais le Président Bill qui fait ça.... non non non non, j'ai du mal à m'y faire, mon pote.

-On ne sait jamais ce que l'on va trouver dans ces affaires. Mais au cas où, espérons qu'il récidive, car sans preuve, nous ne pouvons pas l'accuser, et encore moins le prouver. Les gros bonnets nous élimineraient avant même qu'on ait essayé. Nous savons que lorsque les psychopathes pensent avoir un endroit sûr pour commettre leurs méfaits, ils le répètent, donc nous attendrons l'entrée de cette zone ce soir. Espérons qu'il se montrera sans être détecté et que nous pourrons l'arrêter.

- Si tout cela est vrai, je suis sûr qu'il recommencera. Ça commence à devenir un vice", marmonna Logan. Il était nerveux parce qu'il savait que cela pouvait être une chose dangereuse, car accuser le président même en flagrant délit et l'arrêter pourrait facilement être accusé d'enlèvement, les accuser comme auteurs et les envoyer en prison, avec le danger d'être accusé de la mort de toutes les femmes et condamné à mort. De plus, ce serait la parole de deux détectives contre la parole de l'homme le plus puissant du monde.

Une fin inattendue

Après ces incidents, Richard et Logan ont passé environ une semaine à attendre que le tueur, quel qu'il soit, se présente avec une victime dans cet endroit désolé. Les premiers jours, il n'y a eu aucun résultat. Mais les meurtres ont continué pendant cette période, avec au moins une autre femme. Une jeune fille de 27 ans qui faisait son jogging près du boulevard Frederick, à quelques kilomètres de l'endroit où la première victime a été trouvée, a été retrouvée avec les mêmes traces de torture. Sans aucun doute, l'auteur était le même. La même barre typique passant par l'anus et ressortant par la bouche. Ils en ont donc déduit qu'à cette époque, le type devait avoir un autre endroit pour torturer, mais fidèles à ce qu'ils avaient et savaient, ils devaient jouer la sécurité jusqu'à ce que le type soit prêt à venir à eux.

Et l'impensable s'est produit. Tard dans la soirée du 7 décembre.

À une heure du soir, une Chevrolet Caprice noire de 1987 a commencé à s'engager à vitesse normale sur le chemin de terre qui menait à ces entrepôts et à la zone du lotissement où les travaux étaient arrêtés. La zone était éloignée des banlieues, elle était donc assez isolée et les broussailles étaient incontrôlables. L'entreprise Luvion Constructions, qui avait commencé le lotissement et l'avait laissé à l'abandon, avait arrêté les travaux depuis plus d'un an, et il semblait que d'autres allaient suivre en raison de problèmes juridiques liés au terrain. La réserve fédérale n'était qu'à 100 mètres du début, divisée par 100 mètres de buissons et de végétation sauvage. Les policiers Logan et Richard attendaient dans la voiture dans le feuillage de l'autre côté de la route. Juste sur la route fédérale, devant le chemin de terre secondaire qui menait à cette zone. Ils gardaient leurs distances pour que le type qui se dirigeait vers cette zone ne puisse pas s'échapper et qu'ils puissent l'arrêter sur le fait, et si possible avec des preuves filmées. Il a fallu plusieurs minutes avec les feux éteints jusqu'à ce que la Chevrolet soit perdue devant eux. Après cela, ils ont également commencé à rouler sur le chemin de terre. Il n'a pas fallu plus de cinq minutes sur la route plutôt accidentée avant qu'ils ne s'arrêtent exactement là où il y aurait dû y avoir un garde. Mais apparemment, la société avait cessé de garder cette zone, car il n'y avait aucun signe de garde. Afin de ne pas attirer l'attention, ils ont laissé la voiture à cet endroit et ont prudemment traversé l'arrière du lotissement pour sortir par l'arrière des bâtiments où ils devaient continuer tout droit jusqu'à ce qu'ils atteignent le numéro quatre, qui est probablement l'endroit où se trouvait la voiture Chevrolet. Et bien sûr, la Chevrolet était garée exactement comme l'étranger le lui avait dit. Ils se sont approchés le plus près possible, en faisant attention à ne pas être vus depuis les fenêtres du deuxième ou du troisième étage. Ils se sont approchés le plus près possible du sous-bois, pas plus de trois mètres. Ils ont réalisé qu'il n'y avait personne dans la voiture. Ils étaient déjà à l'intérieur de celle qui accompagnait le ou les sujets.

- Quels nerfs," chuchota Logan avec hésitation, son visage montrant sa peur de ce qu'ils pourraient trouver là-dedans.

- Je ne sais pas si l'histoire de l'homme qui m'a tout raconté est vraie, mais nous devons y aller", dit Richard, répétant qu'ils ne parleraient à personne de leur rencontre avec l'étranger. - Tu sais

Tom, si on l'attrape, on dira qu'un type nous a téléphoné et nous a indiqué l'endroit, et tu connais la suite.

Logan hocha la tête un peu nerveusement en dégainant son pistolet de neuf millimètres, Richard fit de même et, à pas fermes, ils commencèrent à s'approcher du petit bâtiment d'entrepôt. À première vue, il n'y avait qu'une entrée à l'avant et probablement une autre à l'arrière. Mais ils ont immédiatement remarqué que les portes métalliques de l'avant étaient complètement scellées par de vieilles soudures, ils sont donc sortis par l'arrière. Tout était sombre au début du premier étage. Il n'y avait aucun bruit au premier étage, tout était calme. Mais ceux qui sont entrés devraient être dans les étages supérieurs. Pourtant, ils ont lentement commencé à jeter un coup d'œil et à faire les premiers pas à l'intérieur. Il n'y avait rien au premier étage, seulement des ordures. Ils ne voulaient pas éclairer l'endroit avec leurs lampes, au cas où il y en aurait d'autres et les alerteraient, mais il y avait une certaine incertitude et une peur dans l'air. Ils ne savaient pas si le tueur était armé, mais il était clairement dangereux, et l'était très probablement, donc ils devaient être prudents.

Ils atteignirent le milieu du bâtiment, juste là où commençaient les escaliers métalliques menant au premier étage. À ce moment-là, un bruit les a alertés. C'était comme si quelqu'un était en train de marteler quelque chose au deuxième niveau. Logan, quelque peu alarmé, chuchota à ce moment-là ;

-Pensez-vous que ce... ? - Richard ne dit rien et commença à monter lentement les escaliers, qui, du bas, ressemblaient au mieux à vingt marches en béton avec des bords en métal. Il déglutit fortement et commença à avancer prudemment, en essayant de faire le moins de bruit possible. Il savait que celui qui se trouvait au sommet n'avait aucune chance de s'en sortir, il devait soit mourir là, soit être arrêté. Il n'hésiterait pas à tirer s'ils étaient attaqués. Son intention était de faire justice comme la loi le dictait. S'il s'était agi de n'importe quel autre criminel, il aurait été exécuté sur place. Mais cette affaire était très médiatique et ils devaient arrêter qui que ce soit pour laisser psychologiquement un message de sécurité à la ville.

Au moment où il était sur le point de passer la moitié de l'escalier, le martèlement s'arrêta. Leurs deux cœurs ont sauté un battement, s'emballant déjà à cause de la situation que cela signifiait. Ils savaient que quelqu'un se déplaçait à l'étage. Puis il y a eu le bruit d'une barre de métal et de quelques outils, mais il n'y avait aucun son humain pour indiquer qu'il y avait plus de personnes avec le sujet. Bien que Richard craignait alors le pire, qu'ils soient arrivés trop tard et que la victime soit morte. Donc, avec plus de courage, il a commencé à grimper la prochaine marche. Et quand une minute plus tard il l'a fait, presque en bas, il a regardé en haut. Un homme à la casquette noire, le dos complètement tourné, se tenait dans l'obscurité totale et effectuait une manœuvre, juste au-dessus d'un cadavre de femme que l'on pouvait apercevoir grâce à la lumière de la lune qui frappait la fenêtre de plein fouet, éclairant la scène de façon crue. L'homme à la casquette noire a remarqué les visiteurs par les ombres allongées reflétées sur le sol par la lumière du satellite. Il ne s'est pas retourné brusquement, mais s'est figé pendant une seconde. À ce moment-là, Richard a crié avec autorité :

-Ne bougez pas, mettez vos mains où je peux les voir, cria Richard d'un ton ferme en pointant une arme sur la tête de l'homme entièrement vêtu de noir. Logan regarda la pièce dans la pénombre au cas où il y en aurait d'autres dans les coins, et quand il fut sûr qu'il n'y avait personne d'autre, il dit passivement quelques secondes plus tard :

- Levons nos mains.

Mais le gars l'a ignoré, mais il n'a pas essayé de s'échapper non plus. De toute évidence, il savait qu'il avait des ennuis. Après être resté immobile pendant quelques secondes, il a dit d'une voix rauque :

-Allez les agents, ne rendez pas les choses plus difficiles, combien d'argent voulez-vous ?

Immédiatement, Richard a dit . -Je vais devoir tirer si vous ne vous identifiez pas et ne mettez pas vos mains en l'air... tournez-vous avec vos mains en l'air.

Mais au moment où il a entendu cet ordre, il a levé les mains, enlevé sa casquette et s'est dit à voix basse, mais avec un air vantard : - Je suis le président des États-Unis, M. Bill Sander, et il les a regardés dans les yeux avec un visage qui n'avait rien à voir avec ce président noble, presque âgé, qui dans ses discours projetait sérénité et empathie envers tout le monde. Il les a regardés pendant quelques secondes et a souri comme un psychopathe sanguinaire, tandis que du sang frais coulait de ses mains sur le sol et ajoutait à l'horreur de la scène. Derrière son dos gisait le corps nu d'une femme d'une trentaine d'années, totalement violée et torturée, et la scène ne montrait que le prélude, alors qu'il était sur le point d'insérer la tige métallique dans son anus, la jeune fille étant en position sexuelle de levrette.

Richard était stupéfait de le voir en face à face. Il n'arrivait pas à y croire. C'était comme un rêve. Le chef de l'exécutif faisant cela était impensable, même en étant témoin. Mais ensuite le président a dit.

-Je suis leur patron, ils ne peuvent pas m'arrêter, ils savent que si je le veux, je peux appeler les services secrets et les faire payer," répondit-il avec cynisme. Logan regarda son partenaire avec crainte et s'exclama à voix basse : "Hé Richard, il a du pouvoir, c'est un danger de l'arrêter, sortons d'ici.

-.... Je me fiche qu'il soit le président... c'est un bâtard malade du sexe... sinon... je l'arrêterai.

-Je suis avocat avant d'être président et si je vous inculpe, vous pourriez passer le reste de votre vie dans une cellule, ou être tué ici par mes gars... Je décroche simplement le téléphone dans mon sac et je leur dis que j'ai été kidnappé par deux agents portant une fille et qu'ils sont les coupables. Ils pensent qu'ils peuvent s'attaquer à l'homme le plus puissant du monde", ai-je cyniquement répliqué en souriant d'un air nerveux, mais toujours aussi détaché.

-Si vous mettez vos mains vers le bas Bill essayant de prendre votre téléphone, je vais vous tirer dessus, personne n'est au-dessus de la loi, pas même vous, donc vous serez amené à la justice.

Après avoir vu que Richard ne bougerait pas, que ce soit pour de l'argent ou pour une meilleure position proposée par le patron, il a crié d'un ton furieux : " Vous êtes des trous du cul... Je vois que vous ne voulez pas coopérer, très bien.

Le président savait que, même aussi puissant qu'il était, il y avait des choses qu'il ne pouvait pas expliquer, et que son alibi pouvait devenir incontrôlable si les médias le découvraient. Alors, désespéré, il a pensé que toute sa carrière politique et personnelle s'effondrerait, et qu'il passerait du statut de personne irréprochable à celui de meurtrier diabolique, violeur de femmes. Par conséquent, il est devenu brutalement désespéré.

-Pourquoi a-t-il fait ça ? -demanda soudainement Richard.

-Le président lui a jeté un regard fugace, puis a baissé la tête, comme s'il était résigné. À ce moment-là, il pensait pouvoir jouer la dernière carte et essayer de passer l'appel, et peut-être que ses gars arriveraient et tueraient les deux inspecteurs, le problème était de savoir s'ils le laisseraient faire.

-Inspecteur, je vois que vous êtes droit et honnête, félicitations ! -Il a ensuite fait une pause, et alors qu'il allait s'approcher de Logan pour lui passer les menottes, il a crié :

-Attendez, attendez, d'accord, je vais coopérer, mais..." dit-il en marquant une nouvelle pause et en avouant. - J'ai fait ça par haine... je ressens une haine envers eux, je ne sais pas comment l'expliquer, le démon rentre la nuit, il prend possession de mon esprit... et je savais qu'il était difficile d'être président et de passer à l'acte.

-Quoi ? - disent en chœur les deux détectives, la confession en disant sans doute beaucoup sur ses plans macabres et aussi sur son passé.

— Vous dites qu'ils ne sont pas les seuls que vous avez assassinés en Colombie, vous avez ...

Le président l'a interrompu - oui.

-Depuis quand ? -Demande le détective.

Je ne sais pas... Je pense que depuis que je suis devenu avocat, il y a environ... vingt-six ans.

Cette réponse les a tous deux figés sur place.

Combien en a-t-il tué ? -Logan a demandé en hésitant.

Je ne sais pas, fais le calcul", répond-il froidement et cyniquement. Peut-être était-ce là sa véritable personnalité qu'il ne montrait pas au public, et tout cela n'était qu'un délire de sa mythomanie. -Vous savez, ma belle-mère, quand j'étais enfant, aimait m'humilier et me torturer à sa façon, et peut-être... C'est quelque chose qui a déclenché tout ça en moi, je ne sais pas, mais ce n'est pas quelque chose auquel je pense beaucoup. J'aime le faire, tu peux voir cette salope. -Il a montré l'arrière où l'on pouvait voir un corps à peine visible. -Ça devient un vice, et oui, malgré ma haine pour elles, j'en abuse pour compenser ma haine, c'est la seule façon de me calmer, c'est comme une drogue.....

-Mais pourquoi jusqu'à maintenant, M. Bill ? Je veux dire, vous viviez dans l'Illinois, et pour autant que je sache, il n'y a jamais eu de féminicides de cette nature... vous êtes en poste depuis presque deux ans et c'est la première fois que je vois des meurtres de ce genre en Colombie...

Il n'a pas répondu pendant quelques secondes, puis a dit : "Dans l'Illinois, c'était beaucoup plus facile. Quand j'ai voulu être président inspecteur, j'ai pensé à quitter cette psychopathie. Mais je sais très bien, je sais que cette chose que j'ai est quelque chose d'impossible à résister, humainement je ne peux pas. Vous ne savez pas combien de fois j'ai essayé de ne pas assassiner, mais... c'est un sentiment de haine ingouvernable, dit-il en élevant la voix et en levant une main, se frottant le visage comme en désespoir de cause, puis la passant dans ses cheveux. Et il les tenait là, comme on lui avait ordonné de le faire.

- Dans l'Illinois, il les a enterrées, dans les petits comtés à l'extérieur de la ville de Springfield, vous savez, de belles jeunes filles, et pendant toutes ces décennies, elles ne se sont jamais doutées.

-Vous êtes un monstre ! Je n'ai même pas de définition pour vous", a répondu le détective en chef, consterné.

- Je ne cherche pas cet inspecteur, et encore moins votre approbation, mais vous savez... très bien, je vais vous suivre, c'est tout ce que je dirai pour aujourd'hui, toute la déclaration que je ferai devant le juge.

- M. Bill, tout ce que vous dites à partir de maintenant sera utilisé pour ou contre vous, alors gardez les mains en l'air. Nous allons appeler la police et la police scientifique. Vous êtes en état d'arrestation pour le meurtre présumé d'une personne dans le fond, et la mort d'autres suspects", a déclaré l'inspecteur en s'approchant de lui. Mais trois mètres avant qu'il ne l'atteigne, le président a dit d'une voix aiguë. - Attendez une seconde, il y a une autre personne.

Richard s'est arrêté un instant pour réfléchir et a demandé sans réfléchir. - Qui était-ce ?

- Le chef des services secrets. C'est probablement lui qui lui a donné l'information, c'est un foutu traître.

Richard a pensé à Artur. - Artur, il n'était pas un gardien à l'époque, c'était le bon".

- Il t'a probablement parlé et te l'a dit. Je vais être honnête, je m'attendais à une trahison de la part de quelqu'un, mais moins de sa part. Je vais vous dire, il était aussi impliqué dans la première victime. Peut-être que ça lui a donné des problèmes de conscience et..., mais vous savez," continua-t-il avec un calme extraordinaire pour une telle culpabilité que même le détective fut décontenancé. Et pour ce qui allait arriver, il semblait tout à fait calme.

-Le chef des services secrets s'appelle Ron Brown, et je lui ai proposé cela sous la menace, mais il a accepté avec plaisir. Je lui ai donné plusieurs milliers de dollars par mois, afin qu'il me permette de quitter la Maison Blanche sans être détecté par les autres. Il m'a fourni plusieurs voitures, des outils. Plus des endroits. Il m'accompagnait toujours, enfin, il allait dans une autre voiture pour surveiller mes arrières, vous savez, il y a toujours du danger dans une si grande ville. Donc il lui a probablement parlé de cet endroit.

Richard frissonna, car il se doutait depuis le début que ce type préparait quelque chose, et il était clairement dans le coup.

- Eh bien M. Richard, ma femme est la seule chose que je regrette pour la souffrance que je vais lui causer. Heureusement, nous n'avons jamais eu d'enfants pour souffrir de ce qui va bientôt arriver. Eh bien, inspecteurs, alors...

Alors qu'il gisait résigné et vaincu, Bill Sander a couru directement vers la grande fenêtre non protégée derrière lui et s'est jeté dans le vide. Richard, incapable de l'arrêter, a immédiatement appelé la police, qui est arrivée sur les lieux.

Le corps du président gisait sur le sol, sans signes vitaux, lorsque les deux détectives sont arrivés en bas. Ils auraient pu être inculpés s'il n'y avait pas eu de preuves, mais heureusement, la preuve comparative d'ADN trouvée sur le corps des premières victimes correspondait aux cheveux de Bill Sander, plus les multiples empreintes digitales trouvées partout dans la zone où il avait torturé les corps de plusieurs victimes, plus la preuve irréfutable de traces de sperme frais sur la dernière victime. Ron Brown, qui lui avait tout révélé et qui s'était fait passer pour Artur auprès de Richard, a été arrêté quelques semaines plus tard et condamné à la prison à vie pour l'implication et le viol de Karla Davison, bien qu'il ait plaidé coupable du crime et que quelques traces d'ADN aient été découvertes plus tard dans la cave.

Le rejet, la vague de dégoût et de répulsion envers la figure présidentielle n'ont pas tardé à déferler. Il est clair que c'était historique pour une figure présidentielle et politique dans le monde. Richard a été décoré en tant que procureur de sécurité pour l'état de Washington pour son grand travail dans le service public, et pour avoir résolu le crime de l'étranger, comme l'affaire avait été initialement appelée.

Quelques jours plus tard, Richard traversait l'État du Texas dans sa Camaro 1988. Il roulait à toute allure sur cette route solitaire, la radio diffusait la chanson "The Everybody Hurts" de R.E.M. Alors qu'il fredonnait la chanson, il vit soudain au loin une fille faire de l'auto-stop, il regarda dans le rétroviseur et fit un petit sourire, puis il était prêt à s'arrêter. La fille avait des cheveux blonds et un grand sourire, donc ce serait un beau voyage jusqu'à Houston où était sa destination, pensa-t-elle.

News Houston Texas 12 heures plus tard 9 heures

Dans d'autres nouvelles, une jeune femme a été retrouvée assassinée dans les buissons, son corps a été violé et sauvagement torturé, la police pense qu'il s'agit d'un cas de trafic d'êtres humains, les enquêtes commencent...

Persécuté

-C'est pourquoi je t'ai dit, Tom, que je n'aimais pas les excursions dans les villages éloignés de la civilisation, mais tu n'as pas voulu m'écouter, hein ! Tu t'es entêté à ce que nous venions ici....

-Tu peux fermer ta gueule, Ale, marmonna Tom en retour. Alors qu'il s'enfonçait davantage dans le feuillage et le mauve.

Tom et Ale étaient mariés depuis cinq ans et, à la suite d'une crise dans leur mariage, il avait proposé de passer plus de temps ensemble et, depuis quelques semaines, ils s'aventuraient dans des endroits proches de son Oregon natal. Mais la dernière semaine, il a voulu prendre les choses plus au sérieux, et il a donc fait une pause pour réconcilier son mariage, et a payé un voyage en France à l'est de la région de Renier, où il y avait un petit village pratiquement abandonné, mais entouré de belles forêts et de lacs, quel meilleur endroit pour faire renaître l'amour.

Tom était un avocat de 35 ans de East Portland, et lorsqu'il a rencontré Ale, de 10 ans sa cadette, il a été totalement séduit, mais comme dans la plupart des mariages : la monotonie tue généralement l'étincelle si rien n'est fait. Leurs deux rêves ont été écourtés, car Ale voulait avoir trois beaux enfants, mais Tom a toujours mis son pied à terre, à cause de son travail. Avant d'avoir des enfants, il voulait profiter davantage de son temps en tant que couple, mais cela les séparait petit à petit au point que l'année dernière, ils étaient proches du divorce, et entre les disputes et le peu d'intérêt de sa part, Ale a décidé il y a quelques semaines de se séparer, alors Tom, effrayé de la perdre, a décidé de planifier toutes ces sorties en couple pour essayer de sauver son mariage brisé. Et incroyablement, les dernières semaines loin du travail et de l'agitation de la ville semblaient porter leurs fruits, surtout quand il lui a annoncé qu'ils partaient en France.

Mais quelques jours se sont écoulés depuis, et notre cher couple se trouve maintenant dans une situation étrange.

C'est vous qui vouliez des enfants, mais savez-vous ce que cela signifie ? plus de dépenses, plus...

Tais-toi, lâche, l'interrompit-elle entre deux chuchotements, si j'avais su cela, je ne t'aurais jamais épousé. Tu sais à quoi servent les mariages, n'est-ce pas ?

Tom ne répondit pas, mais ses yeux allaient et venaient, comme s'il essayait d'apercevoir les sentiers de la zone boisée. Puis elle poursuivit.

-Les mariages sont faits pour avoir des enfants ou faire des choses ensemble, mais vous n'avez fait que travailler et travailler, mais pour....

Ils vont nous trouver, calmez-vous ! Ce n'est pas le moment de discuter de ce genre de choses Ale.

Quelle différence cela fait-il ?", répond-elle d'un ton ironique.

Ce n'est pas facile pour Ale d'avoir des enfants, et vous savez, ils signifient beaucoup de choses", ajouta-t-il avec singularité, non pas qu'il se soucie de cette question, mais connaissant la paranoïa d'Ale et les crises de colère qu'elle avait l'habitude de faire, il risquait de faire une scène et de se faire attraper.

- Tu sais, Jada, qui est allée au lycée avec moi, vient d'avoir son troisième enfant et son mari sait comment accoucher. J'aurais aimé rencontrer un homme comme ça !

Tom ne dit rien cette fois, il reste silencieux, et l'important à ce moment-là est de sortir de cet endroit le plus vite possible.

Soudain, on entendit quelque chose au loin et Ale réalisa à nouveau qu'il ne s'agissait pas d'un rêve, mais de quelque chose de réel. Et qu'il n'était pas important de parler de couples et d'autres choses de ce genre en ces minutes. Ce qui comptait, c'était sa sécurité.

Pardonnez-moi Tom, j'ai peur, dit-elle soudainement, Tom se tourna pour la regarder fugitivement, elle s'approcha de lui et le serra dans ses bras, il était encore un peu agacé, il dissipa sa colère du mieux qu'il put et la serra d'une main.

Qu'attendez-vous de nous, Tom ? Je... Elle n'a pas terminé sa phrase quand il lui a fermé la bouche d'une main.

-Shhhhh, ne bouge pas", murmura Tom presque entre ses lèvres. Puis il regarda vers des arbres situés à une cinquantaine de mètres et bordés de végétation.

Bon sang, qui sont-ils ? Tom, je ne veux pas..." murmura-t-il en balbutiant, puis continua, "ce sont les mêmes que ceux qui nous ont poursuivis sur la route, n'est-ce pas ?

-Silence Ale, ne bouge pas. lui ordonne son mari. Ale se couvrit la bouche avec ses mains pour s'empêcher de crier de panique.

En dessous d'eux, il y avait quatre types qui tenaient chacun une hache à la main et qui portaient des sortes de masques en forme de corbeaux fabriqués de manière artisanale, comme s'ils étaient faits à partir de la peau d'un animal étrange. Les sujets secouaient la tête dans toutes les directions, essayant de les trouver.

À cette perspective, Tom et Ale sont restés immobiles pendant quelques minutes, jusqu'à ce que les hommes quittent apparemment les lieux.

-Il commence à faire nuit, mon amour, nous devons partir", dit Ale après une heure de silence.

-Il semble qu'ils soient déjà partis", répondit son mari pensivement, car il ne voulait pas mourir. Le fait est que Tom n'avait jamais dit à sa femme pourquoi il ne voulait pas avoir d'enfants. Et la raison principale était qu'il était stérile. Lorsqu'il lui avait promis des enfants et tout le reste lors de leur éphémère fréquentation, il le lui avait dit parce qu'il l'aimait et qu'il ne voulait pas la perdre au profit de Lucas, un homme d'affaires qui l'avait courtisée pendant ces années-là.

Tom se relève un peu du sol, jette quelques coups d'œil rapides autour de lui et dit :

Nous attendrons une vingtaine de minutes jusqu'à ce que la lumière soit complètement cachée et nous descendrons, peut-être atteindrons-nous un village proche dans cette région.

-Chérie, si seulement nous pouvions aller dans la voiture, il y avait la carte", répondit Ale. Elle parlait évidemment de façon hypothétique.

Tom secoue la tête : "Ce serait du suicide... le seul moyen de s'en sortir vivant est de descendre la rivière à pied. Sa femme acquiesce.

Et le fait est qu'ils étaient tous deux arrivés dans ce village abandonné, entre guillemets, car sur les deux cents petites maisons qui s'étendaient sur un kilomètre, presque toutes étaient abandonnées et rongées par le temps, à l'exception d'un petit hôtel encore en activité, qui était le seul endroit où les quelques touristes qui s'y rendaient chaque mois, passaient les nuits. L'hôtel se composait de six vieilles chambres. Le gérant était un vieil homme borgne avec une femme avantagée et une fille muette. Les deux premiers jours ont été consacrés à la visite des environs, en particulier des magnifiques lacs cristallins, et ce n'est que le troisième jour qu'ils ont décidé d'explorer les montagnes boisées de ce paradis.

Mais quelque chose s'est produit dans la nuit du 3 octobre. Leur voyage s'est transformé en cauchemar.

Au bout d'un certain temps, le couple a commencé à descendre vers une rivière située à environ un kilomètre. Ils avançaient régulièrement et rapidement. Tom tenait dans sa main gauche un rocher et dans sa main droite un morceau de bois prêt à frapper quiconque se mettrait en travers de leur chemin. Ils traversèrent le sous-bois en prenant soin de ne pas faire de bruit et de ne pas attirer l'attention au cas où ces maudits individus seraient sur....

Au moins, la lune est au-dessus de ta tête, sinon tu ne pourrais pas marcher. chuchota Ale sur le côté. Il l'entendit, mais ne dit rien, il se concentrait sur le front. Lorsqu'ils atteignirent enfin la rivière après un certain temps, ils la traversèrent sans réfléchir, et ce n'était pas le moment de s'occuper de leurs vêtements pour qu'ils ne soient pas mouillés, le climat était agréable, et l'humidité, au lieu d'être néfaste, aidait.

Ils marchèrent sans relâche pendant des heures, jusqu'à ce qu'ils aperçoivent enfin un couple de petites maisons au loin, au petit matin, épuisés et à bout de forces. Tous deux étaient fous de joie, car ils avaient déjà marché au moins trente kilomètres et s'étaient reposés quelques heures toute la nuit ; c'était trop beau.

-Tu vois, mon amour", s'exclama Tom, heureux, et elle le regarda dans les yeux et le serra fort dans ses bras. C'était le mieux qu'ils pouvaient faire dans cette situation.

Sans perdre de temps, ils se mirent à courir pour arriver le plus vite possible. Et dans ses pensées, cette expérience les avait en quelque sorte rapprochés, car malgré les critiques constantes qu'elle lui adressait, il ne l'avait jamais abandonnée dans cet endroit, et cela avait touché une corde sensible au sein d'Ale qui l'aimait tant.

Lorsqu'ils s'approchèrent enfin de la maison en pisé la plus proche, ils n'hésitèrent pas à frapper. La maison semblait se lever très tôt, il était peut-être quatre heures du matin et la cheminée fumait déjà au loin.

-Bonjour, il y a quelqu'un ? -Tom appela un peu fort, puis Ale le suivit, et tous deux firent de même. Mais ils ne reçurent aucune réponse. Sans perdre de temps, ils marchèrent une dizaine de mètres jusqu'à la maison suivante, et le résultat fut le même, bien qu'il faille dire que la seconde maison était complètement sombre, alors ils retournèrent à la maison qui fumait par la cheminée. Après quelques minutes de désespoir, Tom tourna la poignée de la porte, car il se sentait assez sûr de lui pour l'ouvrir. Quelle différence cela faisait-il, perdu au milieu de nulle part et ayant survécu à des fous pour ouvrir une porte, cela n'avait pas d'importance.

Qu'est-ce que tu fais, mon amour ?

-Ils sont probablement déjà partis travailler", répond Tom.

Le fait est que la maison n'était pas très grande, à en juger par les trois pièces rustiques et la cuisine.

Il a ensuite entrouvert la vieille porte en bois et est entré. Lorsqu'il regarda sur sa gauche, il fut totalement abasourdi, il n'arrivait pas à y croire, à l'intérieur se trouvaient deux corps démembrés sur une énorme table en bois. Tom s'est figé, Ale l'a remarqué et lui a demandé :

Qu'y a-t-il, mon amour ? pourquoi n'entres-tu pas ? que regardes-tu ? et alors il se retourna avec terreur, et dit d'une voix qui sortait à peine de sa gorge, tandis qu'il la regardait les yeux écarquillés de stupeur.

-Ils sont là. Alors qu'il finissait de dire cela, autour de ces maisons commença à s'approcher une poignée de types portant les mêmes masques que la veille, mais cette fois-ci ils étaient au moins une quinzaine.

Ils ont commencé à se serrer l'un contre l'autre. À ce moment-là, Tomas a compris que tout était fini, que c'était la fin. Il n'y avait aucun moyen de lutter. Au bout de quelques instants, l'un de ces types, le plus petit, s'est arrêté à environ huit mètres d'eux et a lentement enlevé son masque de corbeau. Puis, à leur grande surprise, c'était incroyable, ils avaient devant eux l'aubergiste de l'hôtel.

Pourquoi faites-vous cela, monsieur ? Qu'est-ce qu'on vous a fait ? Le vieillard borgne se tourna vers les hommes qui l'accompagnaient et se mit à ricaner, puis il dit : "Pourquoi faites-vous cela, monsieur ?

-Cela n'a rien de personnel, mais la viande a bon goût...

www.ingramcontent.com/pod-product-compliance
Lightning Source LLC
Chambersburg PA
CBHW051315160726
47994CB00003B/1464